LUDWIG VAN BEETHOVEN

FIDELIO
in Full Score

DOVER PUBLICATIONS, INC.
Mineola, New York

Bibliographical Note

This Dover edition, first published in 2008, is an unabridged republication of the work as published by C. F. Peters, Leipzig, n.d., as publication no. 5484. The first printing of this edition was in 1870. The frontmatter, originally in German, has been translated especially for this Dover edition.

International Standard Book Number
ISBN-13: 978-0-486-46617-0
ISBN-10: 0-486-46617-5

Manufactured in the United States of America
Dover Publications, Inc., 31 East 2nd Street, Mineola, N.Y. 11501

FIDELIO

Opera in Two Acts

Libretto by Joseph Sonnleithner and Friedrich Treitschke, freely adapted
from the French of J. N. Bouilly.

Music by Ludwig van Beethoven.

Premiered: in the first version, November 20, 1805, Vienna; in the second
version, March 29, 1806, Vienna; in the third (present) version, May 23,
1814, Vienna.

Dramatis Personae

Don Fernando, a minister of state	*Bass.*
Don Pizarro, commandant of a royal prison	*Bass.*
Florestan, a prisoner	*Tenor.*
Leonore, his wife, using the name Fidelio	*Soprano.*
Rocco, chief jailer	*Bass.*
Marzelline, his daugher	*Soprano.*
Jaquino, a turnkey	*Tenor.*

Political prisoners, captain and officers, guards,
townspeople.

The action takes place in a Spanish royal prison,
a few miles from Seville.

———

CONTENTS

Ouvertüre

zu der Oper **Fidelio**
Op. 72.

L. van Beethoven.

7

9

Basso. pizz.

ERSTER AUFZUG.

Der Hof des Staatsgefängnisses. Im Hintergrunde das Hauptthor und eine hohe Wallmauer, über welche Bäume hervorragen. Im geschlossenen Thore selbst ist eine kleine Pforte, die für einzelne Fussgänger geöffnet wird. Neben dem Thore das Stübchen des Pförtners. Die Coulissen, den Zuschauern links, stellen die Wohngebäude der Gefangenen vor; alle Fenster haben Gitter, und die mit Nummern bezeichneten Thüren sind mit Eisen beschlagen und mit starken Riegeln verwahrt. In der vordersten Coulisse ist die Thüre zur Wohnung des Gefangenwärters. Rechts stehen Bäume mit eisernen Geländern eingefasst, welche, nebst einem Gartenthor, den Eingang des Schlossgartens bezeichnen.

Erster Auftritt.
Marzelline. Jaquino.

(Marzelline plättet vor ihrer Thüre Wäsche, neben ihr steht ein Kohlenbecken, in dem sie den Stahl wärmt. Jaquino hält sich nahe bei seinem Stübchen; er öffnet die Thüre mehreren Personen, die ihm Packete übergeben, welche er in sein Stübchen legt.)

N.º 1. DUETT.

So sprich nur, ich hö-re ja zu, ich hö-re ja zu, ich hö-re ja

Ein Wörtchen, du Trotzige, du!

zu. Wenn du dich nicht in mich schickest, verstopf'

Wenn du mir nicht freundlicher blickest, so bring'ich kein Wörtchen hervor.

Vcl.

C.B.

26

Fi - de - li - o hab' ich ge -wäh-let, ihn lie - - - ben ist sü - sser Ge-

winn, ihn, ja ihn lie - - ben ist sü - sser Ge -winn.

(zurückkommend)

Wo war ich?

weit! Ver - sprochen, nein, das geht zu weit, nein, nein, nein, nein, das geht zu weit!

hast mir so oft doch ver-sprochen, so oft, so oft doch ver-sprochen_ (Man pocht.) Zum

Un poco più Allegro.

So bin ich doch endlich be-freit! Das ist ein will-kom - mener Klang,

Henker das e - wige Pochen, zum Henker! Es ward ihr im Ern-ste schon bang, ein willkomm'ner, will-kom - mener Klang, _____

im Ern - ste, im Ern - ste schon bang, es ward ihr im Ernste, im Ern - ste schon bang;

ein will-kom - me-ner Klang, _____ ein will-kom - mener

wer weiss, ob es mir nicht ge - lang, wer weiss, wer weiss, ob es mir nicht ge -

Klang, es wurde zu To-de, zu To-de mir bang, zu To-de mir bang, zu To-de, zu Tode mir

lang, wer weiss, wer weiss, ob es mir nicht ge-lang, wer weiss, ob es mir nicht ge-lang, ob es mir nicht ge-

Presto.

bang.

lang?

Jaquino.

Wenn ich diese Thüre heute nicht schon zweihundertmal aufgemacht habe, so will ich nicht Caspar Eustach Jaquino heissen. *(Zu Marzelline.)* Endlich kann ich doch einmal wieder plaudern. *(Man pocht.)* Zum Wetter! Schon wieder!— *(Geht um zu öffnen.)*

Marzelline
(auf der Vorderbühne).

Was kann ich dafür, dass ich ihn nicht mehr so gern wie sonst haben kann?

Jaquino
(zu dem, der gepocht hat, indem er hastig zuschliesst).

Ich werde es besorgen. Schon recht! *(Vorgehend, zu Marzelline.)* Nun hoffe ich, soll uns Niemand stören.

Rocco
(ruft im Schlossgarten).

Jaquino! Jaquino!

Marzelline.

Hörst du, der Vater ruft!

Jaquino.

Lassen wir ihn ein wenig warten. Also, auf unsere Liebe zu kommen—

Marzelline.

So geh' doch, der Vater wird sich nach Fidelio erkundigen wollen.

Jaquino *(eifersüchtig).*

Ei freilich, da kann man nicht schnell genug sein.

Rocco *(ruft wieder).*

Jaquino! Hörst du nicht?

Jaquino *(schreiend).*

Ich komme schon. *(Zu Marzelline.)* Bleib' fein hier, in zwei Minuten sind wir wieder beisammen. *(Ab in den Garten, dessen Thüre offen steht.)*

Zweiter Auftritt.

Marzelline (allein).

Der arme Jaquino dauert mich beinahe,— kann ich es aber ändern? Ich war ihm sonst recht gut, da kam Fidelio in unser Haus, und seit der Zeit ist alles in mir und um mich verändert. Ach! (Sie seufzt verschämt.) Aus dem Mitleiden, das ich mit Jaquino habe, merke ich erst, wie sehr gut ich Fidelio bin. Ich glaube auch, dass Fidelio mir recht gut ist, und wenn ich die Gesinnungen des Vaters wüsste, so könnte bald mein Glück vollkommen werden.

№ 2. ARIE.

wenn ich nicht er - rö-then muss ob ei - - nem war- men Herzenskuss,wenn nichts uns stört auf Er-den —

Bassi.

Poco più Allegro.

(Sie seufzt und legt die Hand auf die Brust.)

Die Hoff - nung schon er - füllt die Brust mit un - aus - sprech - lich sü - sser Lust; wie glücklich will ich werden, wie glücklich will ich wer - den! Die

Hoff - nung schon er-füllt die Brust mit unaussprech - lich süsser Lust; wie glücklich, glücklich, ja, wie

Tempo I.

glück - lich will ich wer - den!

Vcl. Bassi. C.B.

In Ru - he stil - ler Häus - lichkeit er - wach' ich je - den

Mor - gen, wir grü - ssen uns mit Zärt - lichkeit, der Fleiss _____ verscheucht die

Sor - gen.   Und ist   die Ar - beit ab - gethan,   dann schleicht die hol - de Nacht heran, dann ruh'n wir von Beschwerden.

(Wie oben.)

Die

Poco più Allegro.

Hoff - nung schon er - füllt die Brust mit un - aus - sprech - lich sü - sser Lust; wie

will ich glück-lich wer - den, ja, wie will ich glück - lich, glück - lich

werden!

Dritter Auftritt.

Marzelline. Rocco. Jaquino
(trägt Gartenwerkzeug hinter Rocco her und ins Haus).

Rocco.

Guten Tag, Marzelline! Ist Fidelio noch nicht zurück-
gekommen?

Marzelline.

Nein, Vater!

Rocco.

Die Stunde naht, wo ich dem Gouverneur die Briefschaften
bringen muss, die Fidelio abholen sollte; ich erwarte ihn mit
Ungeduld.
(Während der letzten Worte Rocco's wird an der Pforte gepocht.)

Jaquino
(kommt aus Rocco's Haus).

Ich komme schon, ich komme schon.
(Läuft geschäftig, um aufzuschliessen.)

Marzelline.

Er wird gewiss so lange bei dem Schmiede haben warten
müssen. (Sie hat währenddessen Leonore zur Thür hereinkommen
erblickt. Mit Lebhaftigkeit.) Da ist er ja! da ist er!

Vierter Auftritt.

Vorige. Leonore.

(Sie trägt ein dunkles Wamms, ein rothes Gilet, dunkles Beinkleid, kur-
ze Stiefeln, einen breiten Gürtel von schwarzem Leder mit einer kupfernen
Schnalle; ihre Haare sind in eine Netzhaube gesteckt. Auf dem Rücken trägt
sie ein Behältniss mit Lebensmitteln, auf den Armen Ketten, die sie beim
Eintreten an dem Stübchen des Pförtners ablegt; an der Seite hängt ihr
eine blecherne Büchse an einer Schnur.)

Marzelline (auf sie zulaufend).

Wie er belastet ist! — Lieber Gott! der Schweiss läuft ihm
von der Stirne.
(Sie nimmt ihr Schnupftuch und versucht ihr das Gesicht abzutrocknen.)

Rocco.

Warte, warte.
(Er hilft mit Marzelline ihr das Behältniss vom Rücken nehmen; es wird
beim Bogengange links niedergesetzt.)

Jaquino
(bei Seite — auf der Vorderbühne).

Es war auch nothwendig, so schnell aufzumachen, um den
Patron da hereinzulassen.
(Geht in sein Stübchen, kommt aber bald wieder heraus, macht den Geschäf-
tigen, sucht aber eigentlich Marzelline, Leonore und Rocco zu beobachten.)

Rocco (zu Leonore).

Armer Fidelio, diesmal hast du dir zu viel aufgeladen.

Leonore
(vorgehend und sich das Gesicht abtrocknend).

Ich muss gestehen, ich bin ein wenig ermüdet. — Der Schmied
hatte auch an den Ketten so lange auszubessern, dass ich
glaubte, er würde nicht damit fertig werden.

Rocco.

Sind sie jetzt gut gemacht?

Leonore.

Gewiss; recht gut und stark. Keiner der Gefangenen wird
sie zerbrechen.

Rocco.

Wie viel kostet alles zusammen?

Leonore.

Zwölf Piaster ungefähr. — Hier ist die genaue Rechnung.

Rocco
(durchgeht die Rechnung).

Gut, brav! — Zum Wetter, da gibt es Artikel, auf die
wir wenigstens das Doppelte gewinnen können! — Du bist
ein kluger Junge. — Ich kann gar nicht begreifen, wie du
deine Rechnungen machst. — Du kaufst alles wohlfeiler als
ich. — In den sechs Monaten, seit ich dir die Anschaffung der
Lebensmittel übertragen habe, hast du mehr gewonnen, als
ich vorher in einem ganzen Jahre. (Bei Seite.) Der Schelm
gibt sich alle diese Mühe offenbar meiner Marzelline wegen.

Leonore.

Ich suche zu thun, was mir möglich ist.

Rocco.

Ja, ja, du bist brav; man kann nicht eifriger, nicht verstän-
diger sein. Ich habe dich aber auch mit jedem Tage lieber,
und — sei versichert, dein Lohn soll nicht ausbleiben.
(Er wirft während der letzten Worte wechselnd Blicke auf Leonore und Marzelline.)

Leonore (verlegen).

O glaubt nicht, dass ich meine Schuldigkeit nur des Loh-
nes wegen —

Rocco.

Stille! — (Mit Blicken wie vorher.) Meinst du, ich kann dir
nicht ins Herz sehen? —
(Er scheint sich an der zunehmenden Verlegenheit Leonorens zu weiden,
und geht dann bei Seite, um die Ketten zu betrachten.)

NO 3. QUARTETT.

50

Rocco.

Höre, Fidelio, wenn ich auch nicht weiss, wie und wo du auf die Welt gekommen bist, und wenn du auch gar keinen Vater gehabt hättest, so weiss ich doch, was ich thue — ich — ich mache dich zu meinem Tochtermann. —

Marzelline (hastig).

Wirst du es bald thun, lieber Vater? —

Rocco (lachend).

Ei, ei, wie eilfertig! — (Ernsthafter.) So bald der Gouverneur nach Sevilla gereist sein wird, dann haben wir mehr Musse. — Ihr wisst ja, dass er alle Monate hingeht, um über alles, was hier in dem Staatsgefängnisse vorgeht, Rechenschaft zu geben. — In wenigen Tagen muss er wieder fort, und den Tag nach seiner

Abreise geb ich euch zusammen. — Darauf könnt ihr rechnen.

Marzelline.

Den Tag nach seiner Abreise! — Das machst du recht vernünftig, lieber Vater!

Leonore

(schon vorher sehr betreten, aber jetzt sich freudig stellend).

Den Tag nach seiner Abreise? (Bei Seite.) O, welche neue Verlegenheit!

Rocco.

Nun, meine Kinder, ihr habt euch doch recht herzlich lieb! nicht wahr? Aber das ist noch nicht alles, was zu einer guten vergnügten Haushaltung gehört, man braucht auch —

(Er macht die Geberde des Geldzählens.)

N.º 4. ARIE.

Kummer stellt sich ein.

Doch wenns in den Taschen fein klingelt und rollt, da

hält man das Schicksal ge - fan - - gen; und Macht und Liebe verschafft dir das Gold und stillet das kühnste Ver-

Tempo I.

langen,das kühnste Ver-langen, und stillet das kühn-ste Ver-langen. Das Glück dient wie ein Knecht für Sold, es

ist ein schönes,schönes Ding,das Gold, das Gold. es ist ein schönes Ding,das Gold, ein goldnes,

54

gold - - - nes Ding,das Gold,das Gold.   Wenn sich

Nichts mit Nichts ver - bindet,ist und bleibt die Summe klein;   wer bei Tisch nur Lie-be findet. wird nach Tische hungrig sein. wird nach Tische hungrig sein. Drum

läch'le der Zufall euch gnä-dig und hold. und segne und lenk'eu-er Stre - ben, das Liebchen im

Arme.   das Liebchen im Arme, im   Beutel das Gold, so mögt ihr viel Jahre durch-leben,   so mögt ihr viel

Tempo I.

Jah - re durch-le-ben.   Das Glück dient wie ein Knecht für Sold, es   ist ein mächtig, mächtig Ding, das   Gold, das

Leonore.

Ihr könnt das leicht sagen. Meister Rocco; aber ich, ich behaup-te, dass die Vereinigung zweier gleich gestimmten Herzen die Quelle des wahren ehelichen Glückes ist. — (Mit Wärme.) O dieses Glück muss der grösste Schatz auf Erden sein. (Sich wieder fassend und mässigend.) Freilich gibt es noch etwas, was mir nicht weni-ger kostbar sein würde; aber mit Kummer sehe ich, dass ich es durch alle meine Bemühungen nicht erhalten werde.

Rocco.

Und was wäre denn das?

Leonore.

Euer Vertrauen. — Verzeiht mir diesen kleinen Vorwurf; aber oft sehe ich euch aus den unterirdischen Gewölben dieses Schlos-ses ganz ausser Athem und ermattet zurückkommen; warum erlaubt ihr mir nicht, euch dahin zu begleiten? Es wäre mir sehr lieb, wenn ich euch bei eurer Arbeit helfen, und eure Beschwerden theilen könnte.

Rocco.

Du weisst doch, dass ich den strengsten Befehl habe, niemanden, wer es auch sein mag, zu den Staatsgefangenen zu lassen.

Marzelline.

Es sind ihrer aber gar so viele in dieser Festung! — Du arbei-test dich ja zu Tode, lieber Vater!

Leonore.

Sie hat recht, Meister Rocco. — Man soll allerdings seine Schul-digkeit thun. (Zärtlich.) Aber es ist doch auch erlaubt, meine ich, zuweilen daran zu denken, wie man sich für die, die uns angehören und lieben, ein bischen schonen kann. (Sie schliesst eine seiner Hände in die ihrigen.)

Marzelline

(Rocco's andere Hand an ihre Brust drückend).

Man muss sich für seine Kinder zu erhalten suchen.

Rocco

(sieht beide gerührt an).

Ja, ihr habt recht, diese schwere Arbeit würde mir doch endlich zu viel werden. Der Gouverneur ist zwar sehr streng, er muss mir aber doch erlauben, dich in die geheimen Kerker mit mir zu nehmen. (Leonore äussert eine heftige Geberde der Freude.) Unterdessen gibt es ein Gewölbe, in das ich dich wohl nie werde führen dürfen, obschon ich mich ganz auf dich verlassen kann.

Marzelline.

Vermuthlich, wo der Gefangene sitzt, von dem du schon eini-gemal gesprochen hast, Vater?

Rocco.

Du hast's errathen.

Leonore (forschend).

Ich glaube, es ist schon lange her, dass er gefangen ist?

Rocco.

Es ist schon über zwei Jahre.

Leonore (heftig).

Zwei Jahre, sagt ihr? (Sich fassend.) Er muss ein grosser Verbrecher sein —

Rocco.

Oder er muss grosse Feinde haben; das kommt ungefähr auf eins hinaus.

Marzelline.

So hat man denn nie erfahren können, woher er ist, und wie er heisst? —

Rocco.

O wie oft hat er mit mir in dem reden wollen!

Leonore.

Nun?

Rocco.

Für unser einen ist's aber am besten, so wenig Geheimnisse als möglich zu wissen; darum hab' ich ihn auch nie angehört. Ich hätte mich verplappern können, und ihm hätt' ich doch nicht genützt. (Geheimnissvoll.) Nun, er wird mich nicht lange mehr quälen, dieser! — Es kann nicht mehr lange mit ihm dauern.

Leonore (bei Seite).

Grosser Gott!

Marzelline.

Lieber Himmel, wie hat er denn eine so schwere Strafe verdient? —

Rocco

(noch geheimnissvoller).

Seit einem Monate schon mach ich auf Pizarro's Befehl seine Portion kleiner machen. Jetzt hat er binnen vierundzwanzig Stunden nicht mehr als zwei Unzen schwarzes Brot und eine halbe Maass Wasser; kein Licht, als den Schein der Lampe — kein Stroh mehr — nichts —

Marzelline.

O lieber Vater, führe Fidelio ja nicht zu ihm, diesen Anblick könnt' er nicht ertragen.

Leonore.

Warum denn? — Ich habe Muth und Stärke!

Rocco

(sie auf die Schulter klopfend).

Brav, mein Sohn, brav! — Wenn ich dir erzählen wollte, wie ich anfangs in meinem Stande mit mir zu kämpfen hätte! — Und ich war doch ein ganz anderer Kerl, als du mit deiner feinen Haut und deinen weichen Händen.

N⁰ 5. TERZETT.

Allegro, ma non troppo.

Muth, dann wirds dir auch ge - lin - gen; das Herz wird hart durch Gegen - wart bei fürch - ter - lichen Dingen.

(Mit Kraft.)

Ich ha - be Muth! Mit kal - tem Blut, mit kaltem Blut will ich hinab mich wa - gen.

wer _ den glück _ lich sein, wir werden glücklich, glücklich . sein!

kann noch glück _ lich sein, ich kann noch glücklich, glücklich sein!

wer _ det glück _ lich sein, ihr wer _ det glücklich, glücklich sein!

Du wirst mir

Der Gouver _ neur, der Gouver_ neur soll heut' er _ lauben, dass du mit mir die Ar _ beit

74

Rocco.

Aber nun ist's Zeit, dass ich dem Gouverneur die Briefschaften
überbringe. (Marsch.) Ah, er kommt selbst hierher. (Zu Leonore.) Gib
sie mir, Fidelio, und dann entfernt euch!

Leonore

(nimmt die an einem Bande hängende Blechbüchse ab, gibt sie Rocco, und geht
dann mit Marzelline in das Haus).

№ 6. MARSCH.

Fünfter Auftritt.

Rocco. Pizarro, Offiziere. Wachen.

(Während des zuvor begonnenen Marsches wird das Hauptthor durch Schildwachen von aussen geöffnet. Offiziere ziehen mit einem Detachement ein,
dann kommt Pizarro, das Thor wird wieder geschlossen.

Unter der Musik.)

Pizarro
(zu den Offizieren).

Drei Schildwachen auf den Wall, zwölf Mann Tag und Nacht
an der Zugbrücke; eben so viele gegen den Garten zu; — und
Jedermann, der sich dem Graben der Festung nähert, werde
sogleich vor mich gebracht.

Erster Offizier.

Gut, Herr Gouverneur!

(Die Musik schweigt.)

Pizarro (zu Rocco).

Ist etwas Neues vorgefallen?

Rocco.

Nein, Herr!

Pizarro.

Wo sind die Depeschen?

Rocco
(nimmt Briefe aus der Blechbüchse).

Hier sind sie.

Pizarro
(öffnet die Papiere und durchgeht sie).

Immer Empfehlungen oder Vorwürfe. — Wenn ich auf Alles
das achten wollte, würde ich nie damit zu Ende kommen. — (Hält
bei einem Briefe an.) Was seh' ich? — Mich dünkt, ich kenne diese
Schrift. — Lass sehen — (Er öffnet den Brief, geht weiter auf der Bühne
vor. Rocco und die Wache ziehen sich mehr zurück.)

Pizarro (liest).

„Ich gebe Ihnen Nachricht, dass der Minister in Erfahrung
gebracht hat, dass die Staatsgefängnisse, denen Sie vorstehen,
mehrere Opfer willkührlicher Gewalt enthalten. — Er reis't mor-
gen ab, um Sie mit einer Untersuchung zu überraschen. Seien Sie
auf Ihrer Hut, und suchen Sie sich sicherzustellen." — (Betreten.)
Gott, wenn er entdeckte, dass ich diesen Florestan in Ketten
liegen habe, den er längst todt glaubt; ihn, der so oft meine
Rache reizte, der mich vor dem Minister enthüllen, und mir seine Gunst entziehen wollte! — Doch es gibt ein Mittel. — (Rasch.)
Eine kühne That kann alle Besorgnisse zerstreuen!

№ 7. ARIE mit CHOR.

Stahl in sei ner Wunde, ihm noch in's Ohr zu schrei'n: Tri umph! Triumph! Tri umph!

der Sieg der Sieg ist mein! (halblaut unter sich)

Tenore I.II.

CHOR DER WACHE.

Er spricht von Tod und

Basso.

Er spricht von Tod und

88

Pizarro.

Ich darf keinen Augenblick säumen, alle Anstalten zu meinem
Vorhaben zu treffen! Heute soll der Minister ankommen! Nur die
grösste Vorsicht und Schnelle können mich retten! — (Zu dem Offizier)
Hauptmann, hören Sie! (Er führt ihn auf die Vorderbühne und spricht leise mit
ihm.) Besteigen Sie mit einem Trompeter sogleich den Thurm. —
Sehen Sie unablässig und mit der grössten Achtsamkeit auf die
Strasse von Sevilla. — Sobald Sie einen Wagen, von Reitern begleitet,
diesem Schloss sich nähern sehen, lassen Sie augenblicklich durch
den Trompeter ein Signal geben. — Verstehen Sie, augenblicklich
ein Signal! — Ich erwarte die grösste Pünktlichkeit; Sie haften mir
mit Ihrem Kopf dafür. — (Der Hauptmann geht ab. Zur Wache.) Fort, auf
eure Posten! — (Die Wache geht. Zu Rocco.) Rocco! —

Rocco.

Herr!

Pizarro
(betrachtet ihn eine Weile aufmerksam; für sich).

Ich muss ihn zu gewinnen suchen. — Ohne seine Hilfe kann ich
es nicht ausführen. — Komm näher!

№ 8. DUETT.

und er verstummt! Er sterb in seinen Ketten, zu kurz war seine Pein! Sein Tod nur kann mich

Ver-hungernd in den Ketten, er-trug er lan - ge Pein. Ihn töd-ten heisst ihn

ret - ten, dann werd'ich ru - hig sein. Jetzt, Al-ter, jetzt hat es Ei - le! Hast du mich ver-standen? Du giebst ein

ret - ten, der Dolch wird ihn be-freïn.

Zeichen; dann werd' ich selbst vermummt mich in den Ker-ker schleichen: ein Stoss— und er ver-

stummt. Er sterb in sei-nen Ket-ten, zu kurz war sei-ne

Ver-hun-gernd in den Ket-ten. er trug er lan-ge

Sechster Auftritt.

Leonore (tritt in heftiger innerer Bewegung von der andern Seite auf und sieht den Abgehenden mit steigender Unruhe nach).

№ 9. RECITATIV und ARIE.

Hoff - nung!   Lass den letz _ ten Stern   der Mü - den, der Müden nicht er -

bleichen! Er-hell' ihr Ziel, — sei's noch so fern,   sei's noch so fern, die Liebe, die Lie - be wird's er-reichen.   die

109

nicht. nein, nein, ich wan - ke nicht, mich stärkt die Pflicht der treuen Gat - - -

- -ten-liebe!

(Ab gegen den Garten.)

Siebenter Auftritt.
Marzelline. Jaquino.
(Marzelline kommt aus dem Hause, Jaquino ihr nach.)

Jaquino.
Aber Marzelline _

Marzelline.
Kein Wort, keine Silbe! Ich will nichts mehr von deinen albernen Liebesseufzern hören, und dabei bleibt es.

Jaquino.
Wer das gesagt hätte, als ich mir vornahm, mich recht ordentlich in dich zu verlieben. Da war ich der gute, der liebe Jaquino an allen Orten und Ecken. Ich musste dir den Stahl in den Ofen legen, Wäsche in Falten schlagen, Päckchen zu den Gefangenen bringen, kurz alles thun, was ein ehrbares Mädchen einem ehrbaren Junggesellen erlauben kann. Aber seit dieser Fidelio _

Marzelline (rasch einfallend).
Ich laugne nicht, ich war dir gut, aber sieh! _ Ich bin offenherzig, das war keine Liebe. _ Fidelio zieht mich weit mehr an, zwischen ihm und mir fühle ich eine weit grössere Uebereinstimmung.

Jaquino.
Eine Uebereinstimmung mit einem solchen hergelaufenen Jungen, der Gott weiss woher kommt, den der Vater aus blossem Mitleid am Thore dort aufgelesen hat, der _ der _

Marzelline (ärgerlich).
Der arm und verlassen ist, und den ich doch heirathe !

Jaquino.
Glaubst du, dass ich das leiden werde? He, dass es ja nicht in meiner Gegenwart geschieht, ich möchte euch einen gewaltigen Streich spielen.

Achter Auftritt.
Die Vorigen. Rocco. Leonore (aus dem Garten).

Rocco.
Was habt ihr denn beide wieder zu zanken?

Marzelline.
Ach Vater, er verfolgt mich immer.

Rocco.
Warum denn?

Marzelline (zu Leonore laufend).
Er will, dass ich ihn lieben, dass ich ihn heirathen soll.

Jaquino.
Ja, ja, sie soll mich lieben, sie soll mich wenigstens heirathen, und ich _

Rocco.
Stille! _ Ich werd'eine einzige gute Tochter haben, werde sie so gut gepflegt (streichelt Marzelline am Kinn), mit so vieler Mühe bis in ihr sechzehntes Jahr erzogen haben, und das alles für den Herrn da! (Blickt lachend auf Jaquino.) Nein, Jaquino, von deiner Heirath ist jetzt keine Rede; mich beschäftigen andere klügere Absichten.

Marzelline
Ich verstehe, Vater. (Zärtlich leise.) Fidelio !

Leonore.
Brechen wir davon ab. Rocco, ich ersuchte euch schon einigemale, die armen Gefangenen, die hier über der Erde wohnen, in unsern Festungsgarten zu lassen. _ Ihr versprachet und verschobet es immer; heute ist das Wetter so schön, der Gouverneur kommt um diese Zeit nicht hierher.

Marzelline.
O ja! Ich bitte mit ihm!

Rocco.
Kinder, ohne Erlaubniss des Gouverneurs? Er ertheilt sie nur an hohen Festtagen, und bei besonders guter Laune. Heute ist keines von beiden.

Marzelline.
Aber er sprach so lange mit euch. Vielleicht sollet ihr ihm einen Gefallen thun, und dann wird er es so genau nicht nehmen.

Rocco.
Einen Gefallen? _ Du hast recht, Marzelline. Auf diese Gefahr kann ich es wagen. _ Wohl denn, Jaquino und Fidelio, öffnet die leichteren Gefängnisse. Ich aber gehe zu Pizarro und halte ihn zurück, indem ich (gegen Marzelline) für dein Bestes rede.

Marzelline (küsst ihm die Hand).
So recht, Vater !   (Rocco ab.)

Leonore und Jaquino
(schliessen die wohlverwahrten Gefängnissthüren auf, ziehen sich dann mit Marzelline in den Hintergrund und beobachten mit Theilnahme die nach und nach auftretenden Gefangenen).

Neunter Auftritt.
Die Vorigen. Chor der Gefangenen.

№ 10. FINALE.

112

Lust, o wel - che Lust!

Lust, o wel - che Lust!

Lust, o wel - che Lust!

Lust, o wel - che Lust!

Fl.

Ob.

Fag.

Einer oder Einige von ihnen.

SOLO.
Wir wol - len mit Ver-trauen auf Got - tes Hül - fe, auf Gottes Hül - fe bau - en, die Hoffnung flü - stert

122

123

bei? Und ziemt es dem ge-dung'-nen Knechte, zu geben die Gefang'nen frei? *(verlegen)* Wohl-

Rocco.

O Herr!

an, wohlan! *(eine Entschuldigung suchend)*

O Herr! Des Früh - lings Kom - men, das heit're warme Sonnenlicht, dann —

eil - ten sie zum Sonnenlicht, zum Sonnenlicht, und schei-den trau-rig wie-der.

hört das Wort, drum zögert nicht, drum zögert nicht, kehrt in den Ker - ker wie-der!

hört das Wort, drum zögert nicht, drum zögert nicht, kehrt in den Ker - ker wie-der!

hört das Wort, drum zögert nicht, drum zögert nicht, kehrt in den Ker - ker wie-der!

hört das Wort, drum zögert nicht, drum zögert nicht, kehrt in den Ker - ker wie-der!

Sonnenlicht, schnell schwindest du uns wie - der, schnell schwindest du uns wie-der!

Sonnenlicht, schnell schwindest du uns wie - der, schnell schwindest du uns wie-der!

nicht! Die An-dern mur-meln nieder, hier wohnt die Lust, die Freude nicht, die Freu -

Angst rinnt durch mei - ne Glieder; er - eilt den Frev - ler kein Gericht, den Frev -

der, sie sin-nen auf und nieder! Könnt' ich ver-stehn, was Je - der spricht, könnt' ich verstehn, was Jeder

der! Nicht e - her kehrst du wieder, bis ich voll - zo - gen das Gericht,

nieder! Mir be-ben mei - ne Glieder; o unglück - se - lig har-te Pflicht, o un - glück -

der; schon sinkt die Nacht her - nieder, aus der so bald, so bald kein Mor - - - -

der; schon sinkt die Nacht her - nieder, aus der so bald, so bald kein Mor - - - -

nicht!

Frevler?

spricht!

richt.

Pflicht!

bricht!

(Die Gefangenen gehen in ihre Zellen, die Leonore und Jaquino verschliessen.)

bricht!

Ende des ersten Aufzuges.

ZWEITER AUFZUG.

Das Theater stellt einen unterirdischen dunkeln Kerker vor. Den Zuschauern links ist eine mit Steinen und Schutt bedeckte Cisterne; im Hintergrunde sind mehrere mit Gitterwerk verwahrte Oeffnungen in der Mauer, durch welche man die Stufen einer von der Höhe herunterführenden Treppe sieht. Rechts die letzten Stufen und die Thüre in das Gefängniss. Eine Lampe brennt.

Erster Auftritt.

Florestan (allein. Er sitzt auf einem Steine, um den Leib hat er eine lange Kette, deren Ende in die Mauer befestigt ist).

No 11. INTRODUCTION und ARIE.

158

Lohn. Willig duld' ich al - le Schmerzen, en - de schmäh - lich mei - ne Bahn;

süsser Trost in meinem Her - zen: meine Pflicht hab ich ge - than! Sü - sser, sü - sser

Trost in meinem Her - zen: meine Pflicht, ja, mei - ne Pflicht hab ich ge - than!

Frei - heit in's himm - - lische Reich, zur Freiheit, zur Freiheit in's himm-lische Reich, in's himm-lische

Reich, in's himm - - lische Reich.

(Er sinkt erschöpft von der letzten Gemüthsbewegung auf den Felsensitz nieder, seine Hände verhüllen sein Gesicht.)

164

Zweiter Auftritt.

Rocco. Leonore. Florestan.

(Die beiden Ersteren, die man durch die Oeffnungen bei dem Schein einer Laterne die Treppe herabsteigen sah, tragen einen Krug und Werkzeuge zum Graben. Die Hinterthür öffnet sich und das Theater erhellt sich zur Hälfte.)

№ 12. MELODRAM und DUETT.

166

frein.

(sich schnell aufrichtend)

Was zauderst du in dei - ner Pflicht?

pizz.

(sie fängt wieder an zu arbeiten)

Mein Va - ter! nein, ich zaud're nicht, ich zaud're nicht.

Was zauderst

cresc.

cresc.

cresc.

cresc.

cresc.

Mein Va - ter! nein, ich zaud're nicht, ich zaud're nicht.

du in dei - ner Pflicht?

Nur hur-tig fort, nur frisch ge-

174

Leonore.
Er erwacht!

Rocco (plötzlich im Trinken einhaltend).
Er erwacht, sagst du?

Leonore
(in grösster Verwirrung, immer nach Florestan sehend).
Ja, er hat eben den Kopf in die Höhe gehoben.

Rocco.
Ohne Zweifel wird er wieder tausend Fragen an mich stellen. Ich muss allein mit ihm reden.— Nun, bald hat er's überstanden (Er steigt aus der Grube.) Steig' statt meiner hinab, und räume noch so viel weg, dass man die Cisterne öffnen kann.

Leonore
(sie steigt zitternd ein paar Stufen hinab).
Was in mir vorgeht, ist unaussprechlich.

Rocco (zu Florestan).
Nun, ihr habt wieder einige Augenblicke geruht?

Florestan.
Geruht? Wie fände ich Ruhe?

Leonore (für sich).
Diese Stimme!—Wenn ich nur einen Augenblick sein Gesicht sehen könnte.

Florestan.
Werdet ihr immer bei meinen Klagen taub sein, grausamer Mann?
(Mit den letzten Worten wendet er sein Gesicht gegen Leonore.)

Leonore.
Gott! Er ist's! (Sie fällt ohne Bewusstsein an den Rand der Grube.)

Rocco.
Was verlangt ihr denn von mir? Ich vollziehe die Befehle, die man mir gibt; das ist mein Amt, meine Pflicht.

Florestan.
Saget mir endlich einmal, wer ist Gouverneur dieses Gefängnisses?

Rocco (bei Seite).
Jetzt kann ich ihm ja ohne Gefahr genug thun. (Zu Florestan.) Der Gouverneur dieses Gefängnisses ist Don Pizarro.

Florestan.
Pizarro?—Er ist's, dessen Verbrechen ich zu entdecken wagte.

Leonore (sich allmählich erholend).
O Barbar! Deine Grausamkeit gibt mir meine Kräfte wieder.

Florestan.
O schicket so bald als möglich nach Sevilla, fragt nach Leonore Florestan.

Leonore.
Gott! Er ahnt nicht, dass sie jetzt sein Grab gräbt.

Florestan.
Sagt ihr, dass ich hier in Ketten liege, dass der Barbar Pizarro hier zu gebieten hat.

Rocco.
Es ist unmöglich, sag' ich euch. Ich würde mich in's Verderben stürzen, ohne euch genützt zu haben.

Florestan.
Wenn ich denn verdammt bin, hier mein Leben zu enden, lasst mich nicht langsam verschmachten.

Leonore (springt auf und hält sich an der Mauer fest).
O Gott, wer kann das ertragen?

Florestan.
Aus Barmherzigkeit gib mir nur einen Tropfen Wasser, das ist ja so wenig.

Rocco (bei Seite).
Es geht mir wider meinen Willen zu Herzen.

Leonore.
Er scheint sich zu erweichen.

Florestan.
Du gibst mir keine Antwort?

Rocco.
Ich kann euch nicht verschaffen, was ihr verlangt.—Alles, was ich euch anbieten kann, ist ein Restchen Wein, das ich im Kruge habe. Fidelio!

Leonore
(den Krug in grösster Eile bringend).
Da ist er! Da ist er!

Florestan
(Leonore betrachtend).
Wer ist das?

Rocco.
Mein Schliesser, und in wenigen Tagen mein Eidam. (Reicht Florestan den Krug; er trinkt.) Es ist freilich nur wenig Wein, aber ich geb' ihn euch gern. (Zu Leonoren.) Du bist ja ganz in Bewegung, du?

Leonore
(in grösster Verwirrung).
Wer sollt' es nicht sein!— Ihr selbst, Meister Rocco —

Rocco.
Es ist wahr — der Mensch hat so eine Stimme —

Leonore.
Ja wohl — sie dringt in die Tiefe des Herzens —

№ 13. TERZETT.

Moderato.

Flauto. · Oboi. · Clarinetti in A. · Fagotti. · Corno I.II. in A. · Violino I. · Violino II. · Viola. · Leonore. · Florestan. · Rocco. · Violoncello e Basso.

Florestan: Euch wer - de · Lohn in bes - sern Welten, der Him - mel, der

Him-mel hat euch__ mir ge-schickt, o Dank! ihr habt mich süss er_quickt; ich kann die

Wohl-that, ich kann sie nicht ver-gel-ten, ich kann sie nicht, ich kann sie nicht ver-gelten (Leise zu Leonore, die er bei Seite zieht,

Ich

(Leise zu Rocco, indem sie ein Stückchen Brot aus der Tasche zieht.)

Dies Stückchen Brot,— ja,seit zwei Tagen trag'ich es

im - mer schon bei mir.

Ich möchte gern, doch sag'ich dir, das hiesse

wirklich zu viel wagen, das hiesse wirklich zu viel wa - gen, zu viel wa - gen, ja, zu viel wagen.

(schmeichelnd)

Ach! Ihr lab - - tet gern den ar - men Mann.

Das geht nicht an, das geht nicht

Rocco
(nach augenblicklichem Stillschweigen zu Leonore).
Alles ist bereit; ich gehe das Signal zu geben.
(Er geht in den Hintergrund.)

Leonore.
O Gott, gib mir Muth und Stärke!

Florestan
(zu Leonore, während Rocco die Thür öffnen geht).
Wo geht er hin ?
(Rocco öffnet die Thür und gibt durch einen starken Pfiff das Zeichen.)
Ist das der Vorbote meines Todes ?

Leonore
(in der heftigsten Bewegung).
Nein, nein!— Beruhige dich, lieber Gefangener!

Florestan
O meine Leonore!— So soll ich dich nie wieder sehen ?

Leonore
(sie fühlt sich zu Florestan hingerissen, und sucht diesen Trieb zu überwältigen).
Mein ganzes Herz reisst mich zu ihm hin.—(Zu Florestan.) Sei ruhig,
sag'ich dir.—Vergiss nicht—was du auch hören und sehen magst— vergiss nicht, dass überall eine Vorsicht ist—ja—ja—ja es ist eine Vorsicht.—
(Sie entfernt sich und geht gegen die Cisterne.)

Dritter Auftritt.
Vorige. Pizarro
(vermummt in einem Mantel).

Pizarro
(zu Rocco, die Stimme verstellend).
Ist alles bereit ?

Rocco.
Ja, die Cisterne braucht nur geöffnet zu werden.

Pizarro.
Gut! — der Jüngling soll sich entfernen.

Rocco
(zu Leonoren).
Geh, entferne dich!

Leonore
(in grösster Verwirrung).
Wer ?— Ich ?— Und ihr ?—

Rocco.
Muss ich nicht dem Gefangenen die Eisen abnehmen?
Geh, geh !
(Leonore entfernt sich in den Hintergrund, und nähert sich allmählig
wieder im Schatten gegen Florestan, die Augen immer auf den Vermummten gerichtet.).

Pizarro
(bei Seite, einen Blick auf Rocco und Leonore werfend).
Die muss ich mir heute noch beide vom Halse schaffen, damit alles auf immer im Dunkeln bleibt.

Rocco
(zu Pizarro).
Soll ich ihm die Ketten abnehmen ?

Pizarro.
Nein, aber schliesse ihn von dem Steine los. (Bei Seite.)
Die Zeit ist dringend.
(Er zieht einen Dolch hervor.)

N.º 14. QUARTETT.

Doch er soll erst wissen, wer ihm sein stolzes Herz zer-fleischt.

Der Ra - che Dunkel sei zer-rissen, sieh her! du hast mich nicht ge-täuscht!

Più moto.

der — — ben ihm! Ich tro - tze, ich trotze seiner Wuth! Der Tod, der Tod sei dir ge-

starrt mein Blut, vor Freu - de, vor Freu - de starrt mein Blut!

Muth, uner-hör - ter Muth! Ha! ha! Soll ich vor einem Weibe beben? soll

starrt vor Angst mein Blut, mir starrt vor Angst mein Blut!

Bassi.

schworen, der Tod, der Tod sei dir ge-schworen! Durch-boh - ren, durch-

ich vor einem Weibe beben? So opfr'ich, so opfr' ich bei-de mei-nem Grimm. Getheilt hast du,

(dringt wieder auf sie und Florestan ein)

200

Vierter Auftritt.

Die Vorigen. Jaquino.

Zwei Offiziere. Soldaten (mit Fackeln).

(Jaquino, Offiziere und Soldaten erscheinen an der obersten Gitteröffnung der Treppe.)

Jaquino

(spricht während der oben angezeigten Musikpause.)

Vater Rocco! Der Herr Minister kommt an. Sein Gefolge ist schon vor dem Schlossthore.

Rocco

(freudig und überrascht, für sich.)

Gelobt sei Gott! (Zu Jaquino sehr laut.) Wir kommen,— ja, wir kommen augenblicklich. Und diese Leute mit Fackeln sollen heruntersteigen, und den Herrn Gouverneur hinauf begleiten.

(Die Soldaten kommen bis an die Thür herunter. Die Offiziere und Jaquino gehen oben ab.)

Fünfter Auftritt.

Leonore. Florestan.

Florestan.

Meine Leonore! Dürfen wir noch hoffen?

Leonore.

Wir dürfen es! Die Ankunft des Ministers, den wir kennen, Pizarro's Verwirrung, und vor allem Vater Rocco's tröstende Zeichen sind mir eben so viele Gründe zu glauben, unser Leiden sei am Ziele und die Zeit unsers Glückes wolle beginnen.

Florestan

Sprich! Wie gelangtest du hierher?

Leonore (schnell).

Ich verliess Sevilla,— ich kam hierher zu Fuss_ in Manneskleidern,— der Kerkermeister nahm mich in Dienste_ dein Verfolger selbst machte mich zum Schliesser.—

Florestan.

Treues Weib! Frau ohne Gleichen! Was hast du meinetwegen erduldet?!

Leonore.

Nichts, mein Florestan. Meine Seele war mit dir, wie hätte der Körper sich nicht stark gefühlt, indem er für sein besseres Selbst stritt?

No 15. DUETT.

214

Sechster Auftritt.
Rocco. Die Vorigen.
Rocco (hereinstürzend).

Gute Botschaft, ihr armen Leidenden. Der Herr Minister
hatte eine Liste aller Gefangenen mit sich, alle sollen ihm
vorgeführt werden. Jaquino öffnet die oberen Gefängnisse.
Ihr allein (zu Florestan) seid nicht erwähnt; euer Aufenthalt
hier ist eine Eigenmächtigkeit des Gouverneurs. Kommt, fol-
get mir hinauf! Auch ihr, gnädige Frau! Und gibt Gott meinen Worten Kraft, und lohnt er die Heldenthat der edelsten
Gattin, so werdet ihr frei und euer Glück ist mein Werk.

Florestan.
Leonore!

Leonore.
Durch welche Wunder?

Rocco.
Fort, zögert nicht! Oben werdet ihr alles   erfahren.
Auch diese Fesseln bleiben noch, und sollen euch Mitleid er-
flehen. Dass sie Pizarro's Fesseln würden!
(Alle drei ab.)

(Verwandlung.)

Siebenter Auftritt.

(Paradeplatz des Schlosses, mit der Statue des Königs. Vom dritten Tact der Musik an marschiren die Schlosswachen auf und bilden ein offenes Viereck. Dann erscheint von einer Seite der Minister Don Fernando, von Pizarro und Offizieren begleitet. Volk eilt herzu. Von der andern Seite treten, von Jaquino und Marzelline geführt, die Staatsgefangenen ein, die vor Don Fernando niederknieen.)

№ 16. FINALE.

Sostenuto assai.

(Leonore nimmt die Schlüssel, löst in grösster Bewegung,
Florestan die Ketten ab; er sinkt in Leonorens Arme.) Leonore.

Euch, ed-le Frau, al - lein, euch ziemt es ganz ____ ihn zu be-frei'n.

O Gott! o Gott! welch ein Augenblick!

Florestan. Fernando.

O un - aus - sprech - - lich süsses Glück! Ge - recht, o Gott, ge - recht ist dein Ge-

Allegro ma non troppo.

Allegro ma non troppo.

Wer ein hol-des Weib er - rungen, stimm' in un - sern Ju - bel

Wer ein hol-des Weib er - rungen, stimm' in un - sern Ju - bel

Wer ein hol - des Weib er - rungen, stimm' in un - sern Ju - bel

Wer ein hol - des Weib er - rungen, stimm' in un - sern Ju - bel ein, stimm' in unsern Jubel ein! Nie, nie, nie wird es zu hoch be - sun - - gen, Ret-terin, Ret-te-rin des

ein, stimm' in unsern Jubel ein! Nie, nie, nie wird es zu hoch be - sun - - gen, Ret-terin, Ret - terin des

ein, stimm' in unsern Jubel ein! Nie, nie, nie wird es zu hoch be - sun - - gen, Ret-terin, Ret - 'terin des

ein, stimm' in unsern Jubel ein! Nie, nie, nie wird es zu hoch be - sun - - gen, Ret-terin, Ret - - terin des

preist mit hoher Freu - de Gluth Le - o - no - rens ed - len Muth! _____

preist mit hoher Freu - de Gluth Le - o - no - rens ed - len Muth! _____

preist mit hoher Freu - de Gluth Le - o - no - rens ed - len Muth! _____

preist mit hoher Freu - de Gluth Le - o - no - rens ed - len Muth! _____

250